Guerra del universo antiguo

Guerra del universo antiguo

ALDIVAN TORRES

Canary Of Joy

Contents

1 Guerra del universo antiguo   1

1

Guerra del universo antiguo

Guerra del universo antiguo
Aldivan Torres

Autor: Aldivan Torres
2020- Aldivan Torres
Reservados todos los derechos.

Este libro, incluidas todas sus partes, está protegido por derechos de autor y no puede reproducirse sin el permiso del autor, revendido o transferido.

Aldivan Torres es un escritor consolidado en varios géneros. Hasta el momento, los títulos se han publicado en decenas de idiomas. Desde muy temprana edad, siempre fue un amante del arte de escribir, habiendo consolidado una carrera profesional desde el segundo semestre de 2013. Espera, con sus escritos, contribuir a la cultura internacional, despertando el placer de leer en aquellos que no tienen el hábito. Tu misión es ganarte el corazón de cada uno de tus lectores. Además de la literatura, sus principales atracciones son la música, los viajes, los amigos, la familia y el placer de la vida misma. «Para la literatura, la igualdad, la fraternidad, la justicia, la dignidad y el honor del ser humano siempre» es su lema.

Guerra del universo antiguo

Dedicación y gracias

Después de la guerra de los Ángeles

Primer Concilio

Primeras expediciones

En la sede

En Libertina

La segunda etapa en Podeison

El tercer debate

Makmarry

Dasteny

La batalla de Virgilia

La decisión

Mientras tanto, en el Palacio Real, en Cristalf

En Harrant

La batalla final

Despierta

En casa

Dedicación y gracias

Dedico este libro a todos los entusiastas del conocimiento y a los misterios más profundos. Esto viene a traer nueva información sobre el instante en que todo gira y produce milagros.

Agradezco a Dios primero, a mi familia, a mis compañeros de trabajo, a mis amigos, a mis conocidos y a los admiradores de mi carrera. Incentivaremos la literatura nacional y buscaremos ganar espacios más grandes cada vez.

Y la mano de Jehová cayó sobre mí y el espíritu de Jehová me tomó, y me dejó en un valle lleno de huesos. Y el espíritu me hizo rodearlos, por todas partes. Me di cuenta de que había un exceso de huesos dispersos por el valle, y estaban todos secos. Así que, Yahvé me dijo: criatura humana, ¿pueden estos huesos revivir? Y yo dije: Señor Jehová, tú sabes. Y él me dijo: Profeta, diciendo: Huesos secos, escucha la palabra de Jehová. Así dice el Señor Jehová a estos huesos: Yo infundiré un espíritu, y tú revivirás. Te cubriré con nervios, te haré crear carne y buscar entre sí con piel. Entonces infundiré mi espíritu, y tú revivirás. Entonces sabrás que soy Yahvé.

Después de la guerra de los Ángeles

El mal había sido expulsado de Kalenquer, el primer planeta creado con el propósito de tener sed del palacio real y refugio de los ángeles, los seres más poderosos del universo. Todo habría funcionado si no fuera por la audacia de Lucifer y sus sirvientes. Aunque el planeta estaba libre de ellos, permaneció desolado frente a tantas pérdidas. Aparte del mayor evento de destrucción jamás conocido en toda la historia del universo y otro no lo será.

Lucifer había sido implosionado y sus sirvientes arrojados a un agujero negro profundo. Las consecuencias de esta pluma fueron inciertas para el resto de los supervivientes. Lo que se sabía era que nadie escapó de la fuerza gravitacional y del fuego hirviendo del agujero más grande del cosmos. ¿Pero quién lo sabía? Nadie había demostrado un gran peligro.

La verdad misma mostró que Dios se caracterizó por el perdón, la benignidad, la comprensión, la tolerancia, el amor infinito y la aceptación. Por malos que fueran los demonios, eran creaciones tuyas y tenían un papel específico en la división de la fuerza para conocer, el bien y el mal. Digamos que había un permiso de rebelión.

El arcángel negro era inmortal, la implosión era solamente un truco temporal para sacarlo de la foto. Su espíritu se regeneró y se unió a sus sirvientes en el lanzamiento dentro del agujero negro. El paso de esta estrella se caracterizó por perder control, luces azules, portales blancos, negros y dimensionales por todas partes. En algún momento, fueron chupados por uno de ellos y cuando llegaron a la transición del cruce, por el otro lado encontraron una nueva dimensión hasta entonces desconocida.

El grupo formado por millones de espíritus descompuestos cayó en medio de un planeta conocido en el idioma local como Crovos. El primer momento en esta nueva realidad fue de duda, ansiedad y nerviosismo. ¿Qué estabas haciendo ahí? Como primer acto en tierras nuevas, Lucifer envió a los sirvientes de una jerarquía más pequeña para infiltrarse en ciudades locales e investigar el territorio del enemigo. Únicamente había siete archiduques y en una rápida conversación decidió instalarse allí. Se construyó un palacio monumental con sus artes mágicas y promovió el primer encuentro entre ellos. Había mucho trabajo por delante.

Primer Concilio

Lucifer, Belcebú, Asmodeu, Mamón, Belphegor, Azael y Leviatán. El objetivo era establecer las primeras acciones en el planeta recién descubierto.

"Mis grandes amigos, estamos perdidos en este mundo un poco aturdido. Antes de nada, me disculpo por nuestro fracaso en Kalenquer. Aunque no fue un fracaso completo, ahora estamos vivos, decididos y más organizados. Perdimos una batalla, pero aún no hemos perdido la guerra. Si mi conciencia falla, estamos en Crovos, tercer planeta de nuestra galaxia y lo veo como una señal. Podemos reconstruir nuestra vida aquí y quién sabe cómo confirmar nuestra reacción a los representantes celestiales. ¿Qué nos detiene? (Lucifer)

"Nada realmente, mi señor. Pensemos positivamente y reorganizamos nuestras tropas. Creo que esta es nuestra primera acción. (BELCEBÚ)

"Muy tranquilo en este momento. Todavía no tenemos un conocimiento amplio del enemigo. Sería bueno investigar mucho antes de actuar, así que no volvamos a tropezar. (Asmodeu)

"Lo entiendo. Consideraré tu sugerencia. (Lucifer)

"Somos muy capaces de reaccionar. ¡Debemos avanzar y atacar inmediatamente, amo! (Azael)

"No lo sé. Pensemos en ello. Tu ira puede estar nublando tu visión. (Lucifer)

"Pero, pero, pero… (Azael)

"No mucho. (Corte Lucifer)

Azael se enfada un poco. ¿Por qué nunca se escucharon tus sugerencias? Estaba harto de que lo pusieran al borde. En contrapartida a esto, su inferioridad con respecto al jefe negro lo puso en desventaja. No era prudente rebelarse de nuevo y ni enfrentarse a Lucifer. Así que, se mantiene un poco callado observando a los demás mientras la reunión se desarrolla normalmente.

"Tenemos que ser inteligentes y muy cautelosos. Si no me equivoco, esta es la tierra de la descendencia de Cristo, y puede usar su poder contra nosotros. Recuerda, no somos invulnerables. (Belphegor)

"Sí, ahora lo recuerdo. Gracias, hermano. (Lucifer)

"De nada. (Belphegor)

"También debemos investigar si hay riqueza en este planeta y apropiarse de ellos. Con el dinero, podemos formar un ejército imparable, aún más poderoso que la clase Miguel Arcángel. (Sugerido Mamón)

"Buena idea también. Aunque creo que es un poco exagerado compararlo con la clase de Miguel, está muy por delante de nosotros. Primero debemos gobernar un mundo para tratar de mostrar fuerza y ser respetados.

"Exactamente. Debo reconocer la fuerza de mi enemigo, aunque también somos fuertes. Mi orgullo no llega a eso. (Lucifer)

¿Entonces qué, maestro? (Asmodeu)

"Esperaré a que la noticia de nuestra expedición enviada al planeta. Después de oírlos, yo decidiré. (Informar a Lucifer)

"¡Mientras tanto...!" Azael)

"Todo tiene su tiempo. Tomemos este descanso para reflexionar sobre lo que has pasado y hacer planes. Prometo que no ha terminado todavía; este es el comienzo de una nueva historia para nosotros. ¡Por el mal! (Lucifer)

"¡Por el mal! (Los otros)

"Cerraré esta reunión por aquí. Nos encargaremos de nuestras otras responsabilidades. Estás despedido. (Lucifer)

El mal había sido expulsado de Kalenquer, el primer planeta creado con el propósito de tener sed del palacio real y refugio de los ángeles, los seres más poderosos del universo. Todo habría funcionado si no fuera por la audacia de Lucifer y sus sirvientes. Aunque el planeta estaba libre de ellos, permaneció desolado frente a tantas pérdidas. Aparte del mayor evento de destrucción jamás conocido en toda la historia del universo y otro no lo será.

Lucifer había sido implosionado y sus sirvientes arrojados a un agujero negro profundo. Las consecuencias de esta pluma fueron inciertas para el resto de los supervivientes. Lo que se sabía era que nadie escapó de la fuerza gravitacional y del fuego hirviendo del agujero más grande del cosmos. ¿Pero quién lo sabía? Nadie había demostrado un gran peligro.

La verdad misma mostró que Dios se caracterizó por el perdón, la benignidad, la comprensión, la tolerancia, el amor infinito y la aceptación. Por malos que fueran los demonios, eran creaciones tuyas y tenían un papel específico en la división de la fuerza para conocer, el bien y el mal. Digamos que había un permiso de rebelión.

El arcángel negro era inmortal, la implosión era solamente un truco temporal para sacarlo de la foto. Su espíritu se regeneró y se unió a sus sirvientes en el lanzamiento dentro del agujero negro. El paso de esta estrella se caracterizó por perder control, luces azules, portales blancos, negros y dimensionales por todas partes. En algún momento, fueron chupados por uno de ellos y cuando llegaron a la transición del cruce, por el otro lado encontraron una nueva dimensión hasta entonces desconocida.

El grupo formado por millones de espíritus descompuestos cayó en medio de un planeta conocido en el idioma local como Crovos. El primer momento en esta nueva realidad fue de duda, ansiedad y nerviosismo. ¿Qué estabas haciendo ahí? Como primer acto en tierras nuevas, Lucifer envió a los sirvientes de una jerarquía más pequeña para infiltrarse en ciudades locales e investigar el territorio del enemigo. Solo había siete archiduques y en una rápida conversación decidió instalarse allí. Se construyó un palacio monumental con sus artes mágicas y promovió el primer encuentro entre ellos. Había mucho trabajo por delante.

La orden de Lucifer fue reconocida inmediatamente, y cada demonio fue a buscar sus deberes. Crovos era un planeta pacífico y listo para ser descubierto. No podíamos desear a ese bribón buena suerte porque su objetivo era solo destrucción y afrenta de Dios. Que el Señor tenga piedad de estas criaturas y de otros que estaban en peligro con su presencia. Sigamos adelante.

Primeras expediciones

Los demonios enviaron una primera impresión de la tierra y su pueblo se extendió por las siete ciudades sedientas de Crovos: Libertina, Podeison, Dasteny, Harrant y Cristalf. Estaban en un número considerable vagando por las avenidas y zonas rurales causando generalmente un gran disturbio y extrañeza en los lugareños. ¿Quiénes serían hombres y llenos de alas, y qué querían de ellos?

Al principio, los demonios podían actuar libremente, pero al infiltrarse los locales comenzaron a llamarse espías. La defensa local fue entonces activada y comenzó a acercarse a ellos pidiendo explicación. A pesar de la lengua distinta, los demonios tenían el don de lenguas y entendían exactamente lo que estaba pasando. Reaccionaron usando su fuerza física y sus poderes contra la policía defensiva. Como cada acción tiene una reacción, la fuerza Crovense en el número más alto reaccionó y hubo un pequeño abrazo. Lograron atrapar a los forasteros y finalmente arrestaron a algunos de ellos. Los otros lograron escapar y advertir a sus asociados y luego se dio una orden de huida.

Los demonios restantes han salido de las ciudades citadas y comenzado su camino de vuelta a la sede. Era necesario que los demás conocieran el primer resultado de la expedición y tal vez tomaran una acción drástica de reacción. Como era, no podía quedarme.

En este momento, descargan su ira en todo lo que encuentran en el camino: piedras, árboles, caminos y pequeños pueblos. Causan una degradación considerable a pesar de los locales. Esta era una marca de demonios, ira, orgullo y audacia. Cuando se cansan de hacer el mal, hacen el resto del camino con regularidad. Es hora de empezar a actuar.

En la sede

Los demonios llegaban en manadas, reportaron a sus jefes, y luego se presentaron al líder de los ángeles rebeldes en el palacio de la oposición. En la sala destinada a esto, se le dio el comienzo de una segunda reunión que ya lo sabía, por supuesto.

"Mi grupo no me dio información alegre. Los locales se resistieron a nuestra presencia. ¿Y los otros grupos? ¿Alguna información relevante? (Azael)

"En mi caso, lo mismo. (Mamón)

"También. (Belphegor)

¿No te lo dije? Tenía razón. Por supuesto, no nos recibirían con flores porque somos extraños en los nidos. (Azael)

"Lo sé, claro. ¿Tiene alguna información sobre cómo se organizan y su poder militar? (Lucifer)

"De los informes, están bien equipados y bien organizados. Pero no están en manos de dioses como nosotros. Con una buena estrategia y con lo suficientemente eficaz, podemos salir victoriosos y conquistar este planeta. (Asmodeu)

"Es bueno saberlo. Estamos libres en este momento. Quiero que entrenes a tus legiones todo el día, para que puedas estar listo para pelear. Esta indignación no quedará impune. No podemos escapar de una batalla más. (El diablo)

"Ahora estamos hablando. (Azael)

"Se encargará de ello personalmente. Así que, cuando se

ordene, empezaremos la guerra y el consiguiente asesinato cruel de estas personas podridas. ¡Confía en mí! (Asmodeu)

"¡Vamos a trabajar!" (Lucifer)

La reunión ha sido disuelta y los sirvientes han sido despedidos por trabajo. El entrenamiento de los guerreros comenzó y duraría un poco para que se completara. Mientras el momento no venía, el arcángel del acero estaba planeando los próximos pasos. ¿Quién podría detenerlos?

En Libertina

En aproximadamente una semana los siervos del mal han trabajado para perfeccionar sus habilidades de lucha y poder físico. Los siete príncipes del infierno se hicieron cargo de innumerables legiones, enseñándoles lo que sabían sobre las posibles tácticas de ser adoptados en un paquete. Al concluir esta etapa, se dio la orden de guerra y el primer pelotón se trasladó al primer frente de batalla, ubicado en Libertina.

Libertina se encontraba en la región occidental del planeta y tenía unos 500.000 habitantes, siendo los menos poblados de las siete ciudades-estados habían oído hablar del levantamiento de los extraterrestres y luego un grupo especial fue reunido por la fuerza enemiga.

Usando grupos de combatientes, comenzaron a enfrentarse cerca de la región urbana, con la ciudad ya evacuada por precaución. El número de combatientes estaba equilibrado. Pero la fuerza de los demonios era mucho mayor. Mientras un alienígena cayó, dos lugares se derrumbaron en el campo de batalla. La plaza levantada fue tomada, exprimiendo de un lado a otro, las disputas. Como en toda guerra, predominó el sufrimiento, la desesperación, el dolor, la incomprensión y cada hombre por sí mismo. Todo por el poder y la afirmación de un egoísmo de ningún tamaño.

Lentamente, el grupo maligno se aprovechó en números obvios y en este momento no hubo reacción plausible. La salida para los habitantes locales era huir hacia las ciudades restantes. Resultados: la ciudad fue tomada y la gente que fue llevada allí como esclavos. Las riquezas fueron saqueadas y el patrimonio histórico destruido. Esta fue la primera señal del demonio malvado y que ciertamente no estaban jugando juegos. Sin embargo, no se decidió nada. Todavía había otras seis ciudades para tratar de conquistar, y la fuerza local no podía ser despreciada por su fe, su voluntad, garra y coraje. Esperemos los próximos eventos.

La segunda etapa en Podeison

Otro grupo se ha unido al equipo restante que ganó Libertina al lado de los demonios. Se unieron fuerzas y se dirigieron hacia la conquista de la siguiente ciudad llamada Podeison que estaba a unos 300 kilómetros del punto en que estaban. El clima y el espíritu eran muy buenos entre los comandantes del gran dragón con ellos dándose el lujo de distraerse durante el camino con su mal normal. En sus mentes, de ahora en adelante, nada podría salir mal porque creían que manteniendo el enfoque ganaría. Bueno, al menos eso es lo que querían.

Sin embargo, la fuerza opuesta no era tan tonta porque ya había tenido cuidado de su primera derrota. Un grupo de Galgarians (Planeta junto a Crovos) refuerza el contingente de guerra. Los Galgarians eran conocidos por su fuerza, sangre fría, coraje y sin miedo. El equipo de guerra prácticamente triplicó con su presencia.

Sin saberlo, el grupo de Lucifer se movía tranquilamente entre pequeñas ciudades y campos que precedieron a la próxima ciudad sedienta. El orgullo, la prepotencia y la confianza seguirían siendo lo que les era malo. Como dice el dicho, el seguro murió de vejez. Este error podría costarles caro.

Aún en camino, los demonios tienen una pequeña sorpresa, una emboscada armada por la fuerza de Crovos donde estaban atrapados. Luego comenzó la guerra, una gran pelea usando espadas, rayos, fuerza corporal, armas interestelares y fuerza magnética. A diferencia de la otra vez, fuerzas equivalentes a tener pérdidas de un lado y del otro. Los demonios son difíciles de creer que por primera vez su objetivo está en riesgo.

Desde un equilibrio, la fuerza local comenzó a tener ventaja en aspectos numéricos y en conocimientos sobre el terreno. Los seres malvados permanecieron un poco más tratando de tomar la desventaja debido a su orgullo interno. Sin embargo, llegó al punto en que los generales suspendieron sus acciones y dejaron de llegar a la ciudad. Luego se dio la retirada de la tropa, volviendo a la base y a la ciudad anterior. La segunda etapa de la guerra había sido un fracaso para ellos.

A lo largo de la vuelta, hubo una desorganización en el grupo maligno, y el uno al otro acusándose unos a otros por derrota. Los jefes supremos controlaron la situación y dieron a los insurgentes un buen trato. Tuviste que cortar tu propio mal en la raíz para que los cobardes no se metieran con el objetivo principal. Durante el largo curso, tienen la oportunidad de reflexionar sobre los errores y los asentamientos con una elaboración de una nueva estrategia. Siendo como era, no podía.

Cuando llegas a la sede, los siete príncipes oscuros se reúnen con el fin de obtener soluciones para evitar daños graves.

El tercer debate

Frente a la mesa principal, los mismos personajes siempre empiezan a interactuar entre sí.

"No puedo creer que una tropa tan preparada como la nuestra haya caído por tierra antes de seres inferiores. ¡No lo admito! (Gritando)

"Me responsabilizo de mis tropas. La culpa es nuestra, pero depende de ti señalar que el enemigo se reforzó y tenía más garras que la última vez. (Leviatán)

"Mis legiones también han trabajado. Vimos cómo dieron el mayor partido de sus poderes contra su oponente y algunos incluso perdieron la vida. Es mi reconocimiento a estos héroes. Si quieres hacer responsable a alguien, sobre nosotros y no sobre ellos. (Azael solidarizado)

"¿Están haciendo buenos? La derrota es derrota. Pensándolo bien, no sirve de nada perder el tiempo buscando culpable. Hermano Belphegor, ¿tus ángeles están listos? (Lucifer)

"Listo, afilado y a tu disposición, mi amado amo. (Belphegor)

"Envíalos al campo de batalla junto con los restantes. Una indignación de este tamaño no puede quedar impune. (Lucifer)

"Ahora mismo. (Belphegor)

"En cuanto a otros, mantengan alerta. En cualquier momento pediré a sus contingentes. No podemos esperar más. (Lucifer)

"¡Que así sea! (Lucifer)

"¡Una alegría a nuestro Señor! (Asmodeu)

La reunión fue disuelta y fueron a buscar sus obligaciones. La batalla ya no podía esperar para convertir a Crovos en el principal campo de confusión en el universo. ¿Cuál sería la gente de lucha, amistosa y valiente de este planeta enfrentar la furia de tan poderosos demonios? No te pierdas los próximos capítulos.

Makmarry

Justo después de la orden de los ángeles rebeldes, las legiones del diablo se presentaron a sus jefes y juntos se fueron al siguiente punto de batalla. Ansiosos, nerviosos y decididos que estaban aplastando todo y a todos los que se pusieron delante de ti. La ira era un sentimiento común entre ellos debido a su propia naturaleza y al hecho de la humillación impuesta por la batalla anterior. Urgentemente, sus espíritus exigían reparación y sólo la sangre podía suavizarla.

Centrarse a esta ira fue la fe, el valor, la determinación, la garra, y la decisión de los opuestos. Estas fuerzas opuestas se volvían a reunir y el resultado de eso fue un incógnito. Ambos lados tuvieron la oportunidad de salir de los ganadores. Mi animadora particular va a la gente de Crovos, sólo estaban tratando de defender a su pueblo y a su tierra de los invasores crueles, fríos y calculadores. Los demonios sólo pensaban en dominar el mundo y, en consecuencia, tomaban un riesgo masivo. Estos seres malvados no merecían pena porque querían ser más grandes que Dios, y era imperdonable.

Makmarry estaba relativamente cerca de Podeison y pronto llegaron los enemigos. Inmediatamente hubo una reacción de los lugareños y los frentes de batalla fueron establecidos. Fuego, armas mortales, golpes, patadas y fuerza mental fueron algunas armas usadas. Desde el principio, la lucha se ha revelado con pérdida en ambos lados. Incluso con la fatiga, se mantuvo el equilibrio. Con el paso del tiempo, muchas criaturas fueron eliminadas y los jefes de los grupos temían la situación. En una actitud inesperada, arreglaron una tregua para que no hubiera tanto daño. La lucha había terminado atada. Los demonios acamparon allí y esperaron a que llegaran más tropas y de la misma manera que los anfitriones.

Cuando llegaron los otros grupos, la tregua provisional terminaría y se produciría otra etapa de enfrentamiento. Fue una pena porque la paz es lo mejor que hay.

Dasteny

Las tropas fueron reforzadas y trasladadas a un nuevo frente, cerca de Dasteny. El lugar era extenso, plan, oscuro y oscuro. Tan pronto como llegaron, comenzó la matanza: dolor, revuelta, sangre, dolor, opuestos y desafíos. Un campo de batalla es un lugar cruel donde no hay amistad, amor o misericordia. No quieres que el lector participe en algo como esto en algún momento de la vida, o no quiero. Una guerra es realmente implacable.

Los demonios estaban realmente en grandes números esta vez y lentamente estaban tomando el control de esta etapa. Para otros, permaneció en la lucha con valor arriesgando incluso la vida misma. Con una victoria inminente, empezaron a jugar y a reírse con sus oponentes. Era una marca de demonios siendo sarcástico.

Después de un tiempo, había pocos habitantes de Crovos que se refugiaron en las rocas. Los enemigos se fueron a la ciudad y luego comenzaron a hacer sus trabajos de puro mal: retiros, muerte, cárceles y herejías. Parecía que nada o nadie podía detenerlos. ¿Pero cuánto tiempo permanecería esta situación?

Al otro lado del planeta, Ventur Okter, descendiente de Cristo, ha tomado conocimiento de la derrota de la situación. En el proceso del caso, se dio cuenta de que su pueblo tenía muy pocas oportunidades contra un enemigo tan poderoso. Fue entonces que utilizando su magia blanca invocó la Corte Celeste y les explicó la situación. Tres arcángeles fueron enviados entonces por Miguel, Rafael y Uriel y sus respectivos ángeles. El objetivo era impedir que Satanás se convirtiera en rey y tomara el mando de un planeta. El grupo se quedó en Cristalf esperando la próxima acción del enemigo. ¿Y ahora qué? Parece que las cosas estaban a punto de calentarse y convertirse en Crovos el centro de atención del universo. La batalla del bien contra el mal fue casi infinita.

La batalla de Virgilia

El otro día, los seres malvados se reunieron y reforzaron allí delante de la batalla aún más. Desde la ciudad dominada,

Dasteny, fueron enviados a Virgilia. Virgilia era una ciudad conocida por sus ilustres niños, cultura y artefactos históricos. Con cerca de un millón de habitantes, fue el tercero en la escala de importancia de todo el reino. Si Satanás pudiera dominarlo, sería un paso para establecer su gobierno por todo el planeta.

Doscientos kilómetros separaron al pelotón malvado del buen equipo. Uno de ellos, se fue por el camino con distinguidas metas, mientras que el bien quería proteger a los inocentes, al mal buscando destrucción. Eran fuerzas opuestas en contradicción que tendrían que medir fuerzas por territorio luchando. No había otra manera de resolver esta controversia.

Las ciudades situadas en la región estaban prácticamente vacías. Era una sugerencia del gobierno de que se preservaran civiles. No era justo perder tantas vidas por una pequeña razón como esta. Al menos esa era la visión del bien. El mal poco se preocupaba por el bienestar de la población. Por eso tendrían que ser detenidos a toda costa por orden de Miguel. ¿Quién es como Dios? Y si Dios está por nosotros, ¿quién estará en nuestra contra? La supremacía divina fue lo mejor que se ganó desde la Guerra de Ángel. No sería ahora que sería diferente.

Con este pensamiento positivo, los arcángeles del bien y sus tropas aceleraron el paso cerca de encontrar e interceptar lo más rápidamente posible sus opuestos. En ese momento de euforia y decisión prevalecieron el valor, la fuerza y la intrépida de nuestros mejores amigos alados. Lleno, los demonios también vienen.

Un rato después, finalmente la fecha sucede. Para la sorpresa de los demonios, el bien es casi una fuerza completa. Miguel y su poder son capaces de luchar contra millones y los oponentes lo sabían. Sin embargo, el orgullo de ser un ángel caído hablaba más fuerte. Sin embargo, luchan sin ninguna expectativa. Enseguida, una pequeña legión de ángeles puede enfrentar a los demonios. Era necesario preservarse para una batalla final probable e inminente. Hasta que eso no sucedió, tenías que planificar tus próximos pasos bien.

La batalla continuó durante mucho tiempo con pérdidas en ambos lados. Cerca del final, una pequeña ventaja para la fuerza del bien que se disfruta sabiamente. La mayoría de los demonios están acorralados, atrapados y sometidos por la fuerza de los siervos de Cristo. Los que escapan comienzan el camino de regreso al mal reducen. ¿Y ahora qué? ¿Cuál sería su próximo acuerdo? ¿Hay alguna condición para reaccionar? Sin duda, no se decidió nada.

La decisión

Al principio del regreso de los demonios había mucha tristeza, confusión e impotencia. Con la derrota en el equipaje trasero, temían un posible castigo de los jefes por fracaso. Aunque era natural derrotar a los ángeles guerreros, ellos conocían muy bien la ira de los príncipes del mal. El mal mismo destruye la identidad común. Esta era una ley para ellos y conociendo su destino, se dejó para establecerse.

Todo tiene su tiempo y cada momento pasa, excepto los inmortales. Esos pequeños ángeles del bien y del mal que lucharon en el frente de la batalla eran sólo piezas de un destino cruel e inevitable. Esto sucede en todas las guerras; las consecuencias se dejan para aquellos que no tienen nada que ver con ellas. ¿Injusticia? Una gran injusticia, pero era necesario construir imperios, ampliar poderes y conflictos directos. Los responsables de esto ni siquiera se molestaban. Lo que estaba sucediendo en este instante en Crovos fue una continuación de la épica batalla de los ángeles ocurrió en Kalenquer. Aunque una fuerza no prevaleció por completo, estos acontecimientos se repiten indefinidamente a lo largo del espacio visible e invisible.

Incluso los grandes arcángeles dan el ejemplo de la junta de Miguel y Lucifer en un tablero coordinado por una fuerza superior. Dios había creado ambas fuerzas sólo para eso, para dar la libertad de elección y para equilibrar las ecuaciones del universo. Por eso hay un dicho que Dios es un matemático. Hasta cierto punto se permite la libertad, siempre y cuando no contradiga la voluntad divina de que es y siempre será supremo en todos los universos.

Sin saberlo, porque es algo de entendimiento superior, tanto ángeles como espíritus malignos regresan después de un largo viaje a sus reducciones. Inmediatamente, Satanás está informado de las últimas noticias de la última etapa y con precaución se convoca una pequeña reunión. Era urgente decidir sobre la marcha de la guerra. Antes de eso, sin embargo, hace un punto para exterminar su fuego a sus aliados derrotados. Era el precio a pagar por la decepción causada en su alma temperamental.

En el salón principal del edificio negro estaban de nuevo los siete príncipes malvados. El debate ha comenzado.

"¡Maldita sea! ¡Mil veces un rayo! ¿Qué clase de demonios

son nuestros que son tan fácilmente derrotados? Ni siquiera en Kalenquer actuaron así.

"¡Perdóname, amado amo! No entiendo lo que pasó, pero desde que pasó, todo es saludable pensar en una salida. (Sugerido Belphegor)

"¡Ya han tenido su perdón! Gran fuego por el culo. Pero eso se acabó. Sigamos adelante y piensen en una nueva estrategia. ¿Qué sugieres, mis compañeros odiados? (El diablo)

"Utilice la misma táctica que el enemigo, la sorpresa y nuestros mejores ángeles. (Leviatán)

"Esta derrota debe ser un aprendizaje. Usamos toda nuestra ira de ahora en adelante. No debemos tener piedad, no consideración, ni amor por nadie. (Azael)

"Mis hombres han sido exterminados. Pero no me negaré a ponerme la cabeza a tu disposición. (Belphegor)

"No seas ingenuo, querido amigo. Los ángeles renacieron de nuevo. Pronto, tu grupo estará completa de nuevo. Sí, gracias por la entrega. (El Arcángel Negro)

"De nada. (Belphegor)

"Usaremos alguna riqueza adquirida en el planeta para conseguir una tropa más grande. ¿Qué te parece? (Mamón)

"Gran idea. Invitaré a los Balzaks, residentes del cuarto planeta se relacionan con el sol. Se venden por cualquier cosa. (El padre de la mentira)

"Tendremos que suministrar a esta tropa mucha comida. A los Balzaks les encanta comer. (BELCEBÚ)

"Buen punto. Comida a gusto, para que no se deshagan del abrazo. (El demonio)

"El orgullo es nuestra fuerza principal. Nos enfrentamos a

un grupo convincente. Pero si no lo intentamos, nunca sabremos si podemos ganar. (ASMODEU)

"Estoy consciente de eso. He escrito todas las sugerencias y lo mejor de mis mejores para ponerlas en práctica. Iremos en una pieza y Miguel no se ríe de nosotros despreciándonos porque no tenemos nada que perder. ¡Adelante!

"¡Por el destino! (Asmodeu)

"Para Lucifer, ellos los repitieron a todos.

Disolvieron la reunión, los grupos se entrenaron un poco al dirigir el próximo encuentro con la fuerza opuesta de la suya. El futuro prometió.

Mientras tanto, en el Palacio Real, en Cristalf

Como se ha dicho, los arcángeles y la mayoría de sus legiones comenzaron el retorno al rebote en Cristalf, en sed del reino de Crovos. El bien estaba bien preparado solo necesitaba una nueva organización según las necesidades de la guerra. Los tres arcángeles, con toda su experiencia, conocían el valor de la fuerza de Lucifer y su orgullo. La derrota sufrida en Virgilia no estaría sin una respuesta a los más altos. Conscientes de esto, durante el curso, guían sus órdenes de qué manera actuar y comportarse frente a un enemigo frustrado pero fuerte.

Miguel es el más hermoso y más fuerte de los arcángeles. Conocido como Dios Guerrero tiene en su espada azul llamando su mayor arma contra los enemigos. Nunca, en toda su historia, alguien lo derrotó. La gran batalla de los ángeles fue su mayor desafío enfrentado a su hermano y el mayor rival Lucifer. Este primer encuentro reveló un gran final a través del sacrificio de Divino, el hijo espiritual de Jehová. Una nueva fecha sería una revancha interesante entre ambos. Los otros dos Arcángeles vivían también en situaciones similares a sus hermanos rebeldes de una jerarquía. Además de esto, habría varias reuniones entre las castas más pequeñas de Crovos haciendo la disputa personal. Juntos, cada uno de su lado, defendió sus intereses y en este concurso valía todo.

Crovos era un planeta cálido y encantador. Sin embargo, con el desenrollamiento de la guerra se había vuelto vacío y devastado. Las constantes incursiones de demonios en todo el planeta fueron consecuencias catastróficas para la vegetación y para la propia supervivencia de la gente. Esta fue una herencia cruel de este levantamiento, tal como había ocurrido en Kalenquer. Exactamente esto es lo que los arcángeles querían minimizar en la realidad actual. Para lograrlo, tendrían que actuar muy rápido.

Pasando por las Montañas Rocosas, volcanes suaves y fríos, abismos oscuros, lagos y ríos profundos, que conducen al horizonte y profundo. El pensamiento actual se concentró en la siguiente batalla que se realizará en Harrant. Tendrían que planear cada paso del proceso con el propósito de no fallar e intentar poner fin a esa guerra sin sentido. Por cierto, todas las guerras no tienen sentido.

Bien organizados, los seres alados de luz van al destino. Gracias a Dios, el viaje había ocurrido sin problemas con los tres príncipes del cielo junto con el descendiente de Cristo reuniéndose en la sede del gobierno. El objetivo era una rápida conversación sobre la situación actual y pequeños detalles importantes de la planificación. El palacio del gobierno es demasiado grande y ancho, con unos tres pisos. Su aspecto histórico se remonta a los orígenes del reino cuando Dios creó a los aldeanos locales. La reunión se celebra exactamente en el último piso a puerta cerrada.

El patio donde eran la reliquia más grande de los habitantes de Crovos compuesto por el santuario de adoración al santo, museo donde se almacenaban objetos raros y ricos y la sala de control. En este último entorno, se concentraron en los seres ya mencionados.

"¿Cómo estuvo Virgilia, Miguel? (Ventur Okter)

"Normal. Nuestro grupo ha dominado las acciones delante de nuestros enemigos, y no tenemos que actuar. Pasemos a la siguiente etapa. (Miguel)

"¿Ha pasado el peligro? (Ventur)

"No del todo. La batalla ni siquiera ha empezado bien. (Informa a Miguel)

"Nos sorprendimos. Creo que no tendremos tanta suerte como ahora porque el mal ya sabe que estamos aquí. (Rafael)

"Lo entiendo. De todos modos, es una victoria para celebrar. (Ventur Okter)

"Sí, es verdad. (Miguel)

"Dios conducirá nuestros pasos hacia la victoria. Por todo lo que amo y creo, juro que trataré de hacer el bien prevalecer. No dejaremos que el sacrificio de Divino sea en vano. (Uriel)

"No fue en vano. Mi hermano eligió rendirse por nosotros. Es una actitud encomiable y pertenecer a grandes hombres. Aunque no lo conozco, lo admiro y lo alabo. (Ventur)

"Es la persona más importante de mi vida. Dondequiera que estés, siento que nos estás bendiciendo y guiándonos. (Uriel)

"¡Que así sea! (LOS OTROS)

"¿Cuál es el siguiente paso, príncipe celestial? (Ventur)

"Nos iremos a Harrant y esperaremos a nuestros oponentes. Tomaremos nuestro contingente completo para detenerlos. No podemos permitir que se acerquen a la capital. (Explicado Miguel)

"Gran idea. Rezaré por ti. (Ventur)

"Gracias. (Miguel)

"La realeza de Nuestro Señor también los consolidará en este planeta. Pídele a tu gente que nos ayude también. (Preguntado Rafael)

"Lo haré inmediatamente. (Ventur)

"¡Perfecto! (Rafael)

"¡Por Jehová, Jesús, y Divino! (Uriel)

"Por Jehová. ¡Jesús y Divino! (Repita a los otros)

"Son despedidos. Nos encargaremos de las tropas. (Ordenado Miguel)

Mientras los ángeles iban a la guerra, el descendiente de Cristo actuaría en grupos de resistencia locales, haciendo difícil la acción del enemigo. Toda la ayuda fue recibida y necesaria en un momento tan importante como este. Anímate por la fuerza del bien, lectores, continuando prestando atención a la narración.

En Harrant

Harrant era la segunda ciudad más importante en todo el reino. Con aproximadamente dos millones de habitantes, fue reconocido por sus piscinas de bolas de fuego, su alta altitud y su clima bastante frío en los tiempos de invierno. La ciudad estaba lista para un nuevo episodio de la guerra épica de Crovos, en cuyas manos de los combatientes era el destino de todos.

El equipo de Satanás pronto llegó fuera del sitio siendo recibido nada amistoso por Miguel. Los equipos de batalla se dividieron en siete grupos, elegidos según la importancia de cada uno. En cada grupo, miles de ángeles se pelearon entre sí, ya sea la prevalencia de uno u otro. Por consiguiente, las muertes estaban teniendo éxito por ambas partes. En cuanto a los líderes de cada legión, solo se fijaron en mando aventándose de la lucha individual misma.

La ayuda de millones de Balzaks fue realmente preciosa. Municipalizado por la garra, el valor y por favores personales este grupo comenzó a sorprender y anular a los anfitriones. Cada momento que pasó, la ventaja numérica y estratégica creció por parte de la liga del diablo. Luego, con un intento frustrado, el buen grupo casi igualaba a las fuerzas, pero era solo una impresión.

La ventaja del mal era clara y para evitar mayores daños, los ángeles se han retirado. El grupo de Miguel fue a la sede y luego a la sede mientras los demonios tomaron la ciudad e hicieron sus pillerías cotidianas. El mal había dado el cambio, y ahora era bueno intentar dibujar una reacción mientras había tiempo hábil para eso.

Una vez en la capital, los ángeles se reúnen y hacen algunos arreglos. Lo más importante de ellos es la convocatoria de los otros arcángeles y sus respectivas legiones. La situación en la que estaban, no pudiste hacerlo fácil. La petición fue aceptada y a través de los portales dimensionales los convocados se unieron a los que ya estaban en Cristalf.

La batalla final

La batalla final fue puesta. Viniendo de un revés, el equipo de Miguel ahora fue reforzado. Tan pronto como llegaron, los ángeles se dirigían hacia los demonios que ya se acercaban a la capital. El objetivo del mal era gobernar al mundo mientras el bien era echarlos. Hasta ese momento, la población de Crovos había sido prácticamente eliminada. Solo había unos pocos civiles y unos pocos combatientes que eran testarudos en luchar por su patria. Eran verdaderos héroes.

Fue por una causa justa que Miguel y sus ángeles estaban allí para la libertad, el honor de Dios, para los justos y para los rectos. Nada les impediría luchar por lo que creían. Ya era hora de que pongas fin a todo mal. Con esto en mente, lucharon por llegar tan pronto como pudieron junto con el enemigo.

No tardará mucho, y encuentran a sus oponentes a unos diez kilómetros de la sede. Entonces la embajada involucra a todos, grande y pequeña. El campo de batalla en la llanura hierve con sangre, gritos, dolor, sufrimiento, impiedad. El resto de las tropas locales de Crovos está prácticamente exterminadas, solo una joven llamada Kessy y la descendiente de Cristo, Ventur Okter que sobrevivió huyendo del palacio cuando un grupo de demonios se levantó del frente principal atacado.

Sin embargo, la lucha continuó entre ángeles, demonios y Balzaks. En este contexto más grande, la lucha individual estaba entre Miguel y Lucifer. Hermanos gemelos, ambos conocían las debilidades del otro, y eso lo hizo más difícil para la lucha. Durante mucho tiempo, la piel y el equilibrio permanecen. Ventur Okter, realizando el momento adecuado, decide convocar a su padre, Yahvé, a que se asentara de una vez por todas esas situaciones torpes y peligrosas. Su petición es contestada y luego Dios prende fuego en el campo de batalla al lado de los demonios. Se acorralan por las llamas, Satanás se desconcentra y Miguel puede someterla a través de su espada ardiente y su aura azul.

Desde este momento, los demonios caen uno por uno y cuando están completamente dominados, son arrojados por Miguel y su banda hacia el agujero negro. Allí, se sumergen en un destino desconocido. ¡Ahí! Yahvé la realeza está otra vez garantizada y Crovos está a salvo a pesar de toda la devastación que ha sido objeto. El bien triunfará de nuevo.

Poco después, los ángeles se despiden de los supervivientes y comienzan a hacer el viaje de vuelta a su casa. La segunda etapa de la confrontación entre el bien y el mal se había cumplido como profecías. Ahora, empezaría una nueva historia.

Despierta

Trance ha terminado. Nuestros amigos se despiertan de nuevo y se ven a sí mismos ante un Jesús sonriente y tranquilo. Ante la apariencia de la duda de sus discípulos, decide manifestarse.

"¿Ves? Eso es todo lo que pasó en este planeta en mucho tiempo. Ventur es testigo de eso. Este fue el último sello. ¡Felicidades, Divina!

"Gracias, hermano. Fue agradable saber que durante un corto tiempo de la historia de este lugar. Me alegro de haber ganado esta aventura y en el pasado. Eres mi héroe principal y todos los demás aquí. Estoy contento. (El psíquico)

"Bien. Voy a tener que irme ahora. Tengo muchas responsabilidades conmigo mismo, con mi padre y mi pueblo. Ha sido un placer, chicos. (Jesús)

"Encantado de conocerlos a todos. (Renato)

"¡Entonces lo visitaré! (Ventur)

"Volveremos pronto también. (Informar a Rafael)

"Llevaremos a los chicos a casa. (Uriel)

"Lo sé. Gracias a todos. ¡Nos vemos! (Jesús)

"¡Nos vemos luego! ¡Te amo, Jesús! (El psíquico)

¡Yo también te amo! (Jesús)

Jesús se acercó a sus siervos y les dio un último beso de despedida. Había dos soñadores que la representaban el dúo más dinámico de la literatura. Que fueron exitosos y felices era todo lo que Dios quería para ambos.

Al final del abrazo, Jesús finalmente vuela y desaparece en la inmensidad del universo. Rafael toma la palabra:

"Ahora es nuestro turno. ¿Nos vamos a casa, amigos?

"Vamos. ¿Todo bien, Renato? (El Hijo de Dios)

"Todo está bien. Fue una aventura. Gracias por la oportunidad. (Renato)

"De nada. (El psíquico)

"Fue un placer conocerlos, amigos. El pequeño soñador ha conquistado mi corazón, y estoy seguro de que los lectores también lo han hecho. Ve en paz. (Ventur Okter)

"Que así sea. (Divino)

Rafael y Uriel se llevan a los humanos y se lanzan hacia el espacio. Al superar la atmósfera, llegan a la puerta dimensional otra vez que da acceso al agujero negro. Allí, sufriendo los mismos horrores del pasado, superan los obstáculos y ganan la galaxia. Empezaría allí un largo viaje a la Vía Láctea y al sistema solar donde vivían Divinos y Renato. Sin embargo, lo peor había pasado.

Usando una alta velocidad, los ángeles superan en un momento razonable a muy distancia que tuvieron que ir. Ellos caen en el planeta, específicamente en Brasil. La aventura estaba completa.

En casa

Los niños fueron entregados a sus respectivas residencias en el pueblo más bucólico de Pernambuco. Cada uno comenzaría en su rutina normal después de una temporada que se fue. Aún quedaban unos días libres para el hijo de Dios y a quien se le gustaba la familia. Un descanso merecido poco después de que se cumpliera otra aventura. Renato se uniría de nuevo a la universidad y a trabajar en el campo. Todavía había mucho tiempo para luchar un poco más por sus metas.

El que se unió a los dos y la clase serial fue la sed de aventuras y conocimiento. Si Dios quisiera, aún habría muchas historias que contar a lo largo de su caminata. Aunque esta vez no es suficiente, puede que estés con Dios y hasta la próxima vez. Un beso y un abrazo amoroso para todos. Suerte y éxito.

Fin

www.ingramcontent.com/pod-product-compliance
Lightning Source LLC
LaVergne TN
LVHW020449080526
838202LV00055B/5397